Pitusa y Eusebio

Pitusa y Eusebio
Primera Edición
© María Milnne, 2013
Publisher: Greity González Rivera
Editor: Ernesto Pérez Castillo
Ilustración de cubierta e interiores: Eric Silva

Manufactured in United States of America

ISBN-13: 978-0615964690
          (La Pereza Ediciones)
ISBN-10: 0615964699

La Pereza Ediciones, Corp
11669 sw 153 PL
Miami, Fl, 33196
United States of America
www.laperezaediciones.com

PITUSA Y EUSEBIO

María Milnne

La Pereza Ediciones

A Teresita Fernández y Gabriela Mistral.
A Jairo Aníbal Niño,
Antoine de Saint-Exupéry
y los Hermanos Grimm.
A Charles Parrault y Excilia Saldaña.
A todos los escritores
y a las canciones de mi infancia.

Es verdad, no es un cuento:
hay un Ángel Guardián
que te toma y te lleva como el viento
y con los niños va por donde van.
Gabriela Mistral.

I

Cuando llegó al mundo traía los ojos guardados en la mano izquierda, para que no se le fueran a caer con el ajetreo de los espectadores. Todos los niños se forman en el vientre de su madre; después de estar nueve meses tomando agua por una tripa con sabor a canela, llega un cortatripas y lo estira hasta que lo saca fuera del vientre y ¡zás!, se la corta. Es por su tripa que los bebés lloran al nacer, pero los cortatripas no son tan malos y siempre le dejan un pedacito como recuerdo. Es lo que llaman ombligo. Todos los niños han nacido así. Todos menos una: Pitusa.

Pitusa se había gestado en la mente de un escritor, era fruto del amor entre este hombre y la Literatura. Cuando él anunció la llegada de la niña, sus amigos y colegas letrados decidieron presenciar el nacimiento.

—Quiero que se parezca a Blanca nieves —deseaba uno de los Hermanos Grimm—, sería tan blanca como la nieve, tendría las mejillas tan rojas como la sangre y los cabellos tan negros como el ébano de la ventana.

—¡Jamás! —interrumpió el otro hermano— Debe parecerse a Grettel, la hermana de Hansel.

—Ni siquiera sabemos si tendrá un hermano, querido hermano —y al instante lanzó una mirada interrogadora al futuro padre.

—Yo... bueno, tal vez…

—Si va a ser la hermana de alguien —alzó la voz Jairo Aníbal Niño—, que sea la hermana del principito —y sin mirar hacia arriba haló la cuerda con que tenía amarrada su voz de globo y la bajó tanto que reventó en el suelo y allí se acomodó para escribir un relato.

Así pasaban cotorreando los demás escritores, mientras el creador intentaba sacar a Pitusa de su fantasía. El nacimiento de un hijo es algo grande, es como recibir todos los regalos de navidad en un solo paquete. Con tal sutileza el escritor la extrajo de su imaginación, que parecía un pedacito de luz sobre el papel y no una niña creada con palabras.

"Les presento a la niña"–dijo, y todos en la sala quedaron ciegos del asombro. Era bella. ¡Qué digo bella! ¡Era asombrosa, airosa, alegrosa, amistosa, aromosa, armoniosa, astuciosa, bondadosa, cariñosa, chistosa, diosa, esplendorosa, fantasiosa, glamurosa, hermosa, ingeniosa, jubilosa, luminosa, majestuosa, nubilosa, olorosa, piadosa, respetuosa, sonorosa, talentosa, valerosa y fenomenal!

"Los niños me han enseñado la verdad de las lágrimas y la verdad de la risa. Me duelen las personas mayores que cuando son visitados por el llanto o por las carcajadas, de repente se detienen, renuncian a sus emociones y piden perdón por su dicha o por su pena" –escribió en su cuaderno Jairo Aníbal Niño, sin quitar la vista de Pitusa, y me atrevo a asegurar que lo escribía en honor a ella.

–¿Cómo la nombrarás? –preguntó.

–Pi-tu-sa –respondió el padre–, que viene de Piñatas, Turrones y Sanahorias.

–¡Error ortográfico mayúsculo, amigo mío! –se exaltó Charles Parrault, un escritor muy exigente con la ortografía.

–Lo sé. Zanahorias se escribe con Z, pero no quiero que en el nombre de mi hija haya una letra con zigzag. Prefiero la S porque tiene ondulaciones.

La sala se llenó de zigzags y ondulaciones verbales en contra del creador, una algarabía gigantesca reinó en el lugar, hasta que Antoine de Saint-Exupéry pidió la palabra y dijo muy pausadamente:

—Dejadlo, él es el creador. Es cierto que no se mira bien escrito Pitusa si el "Sa" viene de zanahoria, pero "sólo se ve bien si es con el corazón. Lo esencial es invisible para los ojos."

Entonces el silencio extendió sus raíces por toda la casa. Creció y creció y creció hasta convertirse en el árbol de silencio más grande que oídos humanos hayan escuchado y, en comparación con la algarabía, era más conmovedor y temeroso.

Procurando no romperle el traje al padre de Pitusa, los visitantes fueron despegando una por una las miradas que habían puesto encima de él, para colocarlas encima de ella. Aunque no podía ver, sintió el peso de las miradas pegajosas; se puso los ojos y las devolvió una por una.

La niña cerró los ojos unos minutos y los señores corrieron a abrazarse entre ellos como si los agobiara un pánico común. Al abrirlos, la sala estaba habitada por la magia de la imaginación y los señores no pudieron resistir las ganas de contar historias. Se marchaban repitiendo en alta voz las frases que venían a sus mentes (para no olvidarlas) y algunas voces llegaban tan altas que se quedaban atascadas en el cielo y ya no había manera de recuperar los cuentos.

Estoy solo y corro a abrazar a mi hija. Ahora estoy solo y corro a abrazar a mi hija. Ya voy a abrazarla. Hacia ella. De modo que ahora voy a abrazar a mi hija y extiendo los brazos para que me quepa toda en el pecho. Ya cierro la puerta por la que se han marchado mis amigos y corro hacia ella. Me he convertido en padre. Ya no soy un escritor solitario y noctámbulo. Pitusa sonríe y yo la abrazo. Nos abrazamos. Es un abrazo amarillo y verde y tiene las alas estiradas y nos tiene presos de él. No es precisamente un mal abrazo; es inquieto, eso es. Quiere saber por qué es amarillo y verde y sus alas por qué son estiradas. "Yo no sé", le digo, y entonces nos deja libre. El abrazo atraviesa la pared como si fuera un fantasma y sobrevuela los campos secos invadiéndolos de verde. Se impulsa desde los árboles hasta el cielo y besa al sol y se quema los labios y las alas y muere y resucita nuevamente entre Pitusa y yo. Y he aquí que mi hija llora de alegría.

Los brazos de mi padre llegaron a mí no como una sensación, sino como un aroma. Olían a cartas nunca recibidas, a libros recién comprados y a incienso de caramelo. Yo quise decirle que había nacido enferma, pero jamás hay que dar malas noticias durante un abrazo. Es mejor guardarlas en un recipiente con agua para que se disuelvan y sea más fácil digerirlas. Con las buenas noticias todo es más simple, cabe guardarlas dentro de una flor para que lleguen a través de su perfume. Afuera el sol daba lecciones de canto, pero yo no podía siquiera pensar en contemplarlo. Y he aquí que lloro con estrellas en los ojos y una luna menguante latiéndome dentro.

El escritor llamó al amigo para pedir consejo. Daba pena verlo tan descorazonado. Más o menos así fue el diálogo que sostuvieron. Digo más o menos, porque aunque describa los gestos que usaron e intente puntualizar la enunciación correcta en cada frase, es difícil traer la tristeza y la desolación que siente un padre por la enfermedad de su hija a cualquier página en blanco. A veces, una escena no se comprende bien hasta que es interpretada, pero casi siempre las palabras ayudan a recrear el suceso.

—¡Es lo que te digo, Antoine!

—Calma, amigo. Ya encontrarás sosiego.

—No lo entiendes, ¡la niña no puede exponerse al sol! ¿Qué vida tendrá?

–Traicionaste a la Noche. ¡Te advertí! No se puede entregar el corazón a medias.

–¡Pero tú sabes que no puedo amar a una sin la otra!

–La Literatura y la Noche son mujeres muy distintas. "La tristeza del corazón es la mayor herida, pero la malicia de la mujer es la mayor desgracia." Le diste una hija a la Literatura y, en venganza, la Noche no dejará que la disfrutes.

Hubo una pausa entonces, no una pausa de esas que hacen las personas para respirar y continuar hablando, ésta era de esas pausas necesarias en la vida, de esas que una vez en la vida se hacen para reflexionar sobre lo que se ha hecho.

–Meditaré, Antoine. Aclararé mis ideas y volveré sobre lo escrito.

–Llámame cuando tengas alguna solución.

–Gracias.

–Adiós, amigo.

Fue un diálogo sencillo, precisamente porque en lo sencillo recae lo bello, o lo complicado. ¿Qué hacer para persuadir a la Noche? Se preguntaba una y otra vez el padre de Pitusa sin encontrar respuesta alguna. "Es tan terca la Noche –pensaba con voz lejana–, y tiene un corazón tan frío." Y la voz llegó tan lejos que la Noche la escuchó y se le apareció frunciendo las estrellas y enfriándolo todo.

–Estoy herida –le dijo–, y ya conoces lo que dicen: "no hay veneno peor que el de la serpiente, y no hay ira mayor que la ira de mujer."

—¡Amada mía, te ruego, la niña no tiene culpa! ¡Castígame a mí!

—Año tras año, para adorar a tu Reina, venías a mi pecho. No eras capaz de escribir una sola palabra de alabanza para ella si no era en las horas que yo solía darte. Para mí sólo ofreciste unos simples poemas. ¡Y ni siquiera eran para mí, a la Luna los dedicaste todos! Pero mi amor por ti era tan grande, que se desbordaba por sobre mi manto. Soportaba hasta lo insoportable y, sin saberlo tú, aposté cada centímetro de mi oscuridad a la esperanza de que alguna vez me reconocieras como tu única amante.

—¡Pero si yo te amo...!

—¡No más de lo que amas la Literatura!

—La niña es inocente, Noche perfecta. ¡Te suplico, déjala ir!

—¡La niña será mi prisionera! Sólo el amor verdadero podrá salvarla —se deslizó hasta la ventana y antes de subir al cielo, con una mirada severa, pero tierna, le dijo–, en cuanto a ti, veremos qué escribes en lo adelante.

Y esas fueron sus últimas palabras. El hombre se dejó caer como si el viento mismo lo ayudase, cerró los ojos y lloró largo rato con los ojos cerrados. Algunas lágrimas morían al nacer, otras rodaban hasta el suelo y corrían a esconderse. Una lágrima de limón giró hasta donde estaba Pitusa y mientras su cuerpo ácido dejaba de existir, la escuchó conversar con una polilla.

–De modo que las más hermosas palabras la necesitan: Amor, Amistad, Árbol, Arcoíris, Amanecer… ¿Te imaginas lo raro que sería decir: mi Mor, en lugar de mi Amor, o decir te Mo, en vez de te Amo?

–¡Ja, ja, ja! Raro, pero gracioso. ¡Mi Mortadella! ¡Ja, ja, ja! ¡Te Morderé!

–¿Gracioso? ¿No te das cuenta? Si te comes las A también tú serás perjudicada. ¡Polill…!

–¡Estupendo! Le agregaré la E y seré una polilla afrancesada: le polillé. ¿No te gusté, le Pitusé?

–¡No!

–Además, sólo me comeré las A de este libro.

–¡Yo no concibo éste, ni otro libro cualquiera sin las A! ¡Casa, papá, mamá, felicidad, vida, arte y otro millón de palabras perderían el sentido! ¡Nadie podría leerlo sin las A! ¡Nadie! –y rompió a llorar.

A la polilla parecía no importarle mucho, pero Pitusa lloraba con un padecimiento que hacía enmudecer las letras de la palabra CORAZÓN, y hasta el propio corazón de la polilla latía despacio, como si fuera a detenerse por la angustia de la niña.

—¡Está bien, está bien! —dijo entonces con temor de que su corazón dejara de latir— No me comeré las A, pero deja de llorar —y, después de hacer un movimiento raro con los ojos, agregó—, debes convertirme. Soy una polilla, tarde o temprano terminaré comiendo libros.

—No puedo. No tengo poderes mágicos para convertirte en otro insecto y, aunque los tuviera, no lo haría. Cada uno es como es y no es bueno estar inconformes con nuestra naturaleza.

—Ah, yo no hablo de eso... ¡Me gusta ser una polilla! Me refiero a convertir mis hábitos. Podría llegar a ser una polilla vegetariana en vez de una papeleriana.

—Mmmm... tiene sentido. ¿Qué debo hacer?

—Ser persistente. —respondió la polilla— Cada día traerás una hoja de lechuga para que yo la pruebe. Debes valerte de todos tus medios para conseguirlo; no te cansarás de insistir en que la coma y más difícil aún, que llegue a gustarme. Si después de tanto perseverar, logras que coma hojas de lechuga, habrás convertido mis hábitos.

Al instante, Pitusa corrió a la cocina en busca de verduras. La polilla, que estaba muy hambrienta, no pudo vencer la tentación y sabiéndose sola, abrió la boca como un feroz cocodrilo y le pegó un mordisco al manuscrito.

Aquella lágrima, valiéndose de su última existencia, gritó al escritor:

—¡Despierta pronto, despierta! ¡Una polilla se come tu historia!

Turbado, el escritor abrió los ojos y comprendió todo. Hay personas que después de llorar pasan largo rato pensando, en silencio, o mirando a lo lejos sin ver nada en realidad. Otras caen en un estado de ensoñación transitoria, como el padre de Pitusa. Había vagado otra vez por los caminos de aquel sueño que llegaba a él en forma de cuento. Diariamente lo evocaba, hasta despierto. El fin de los sueños y el de los cuentos es el mismo: hacerse realidad. "Eres lo que sueñas", le había dicho un sabio al escritor. "Serás lo que cuentas", decía él ahora.

Caminó hasta la mesa, agarró el manuscrito con ambas manos y lo besó. Grata sorpresa se llevó el escritor –pudiéramos decir, para de alguna manera decirlo–, pero lo que se llevó en realidad fue una polilla mordedora, y en eso no hay nada de grato. El beso perdía toda pasión y se convertía en una lucha mortífera. La polilla que se prendía con fuerza al labio, el escritor que la sacudía consternado. La polilla que clavaba las uñas además de los dientes, el escritor que gritaba horrorizado. ¡La polilla arriba, el escritor abajo, doble mordida de polilla, dolor, ardor, contra ataque del hombre y por fin, arrojada fuera del cuadrilátero!

Pitusa, regresando de la cocina, lo vio lanzar la polilla contra el piso y aplastarla.

—¡Qué haces! —exclamó.

—¡Hija —volviéndose a su hija—, me deshago de esta bestia!

—Padre, era mi amiga. Iba a convertir sus hábitos.

—Tú no comprendes, Pitusa. La bestia, bestia es aunque le corten el pelaje.

—Sí comprendo, padre. Ustedes, los adultos, se asustan hasta con las cosas más insignificantes. Les aterra lo diferente y no pierden ocasión de destruir todo aquello que consideran una amenaza, sin importar su naturaleza o su corazón.

El escritor cerró los ojos —como si así, con los ojos cerrados, escapara de todas sus tribulaciones—. La mirada inflexible de su hija lo estaba dejando ciego. Bajó la cabeza y sintió mucha pena. Ella no dijo nada más.

Utilizó los pinceles del padre para pintar un lago solitario. Frío. Se introdujo en la pintura. Caminó por las orillas del lago hasta que encontró un lugar cómodo donde sentarse. Le pareció que las aguas estaban muertas o bajo los efectos de un somnífero, porque no hacían el menor intento por moverse y si ella lanzaba alguna piedra, ésta chocaba con la serenidad y rebotaba hasta su mano. Si la brisa intentaba acariciarlas, terminaba sacudiéndose en sí misma y convirtiéndose en hielo. "Me maravillo al ver cómo en las propias infelicidades, y mientras más duran sean éstas, más duro se vuelve uno para afrontarlas." –pensaba– "Como este paisaje, que ha encontrado la desdicha en la soledad. Endureció y congeló su belleza para fortalecerse."

Por el sendero de los pinos, una ardilla regresaba de recolectar nueces. Sorprendida al verla tan desabrigada y triste, la invitó a su cueva.

—¿Siempre has vivido aquí? —preguntó Pitusa.

—No siempre. Yo cambio de cueva constantemente para despistar a los zorros.

—Qué triste.

—¿Triste? ¿Por qué?

—Por ese tipo de vida sin apego a lugares, no tienes un hogar.

—¿Qué es un hogar?

—Un espacio donde se siente seguridad y calma —respondió la niña—, es el lugar al que siempre quieres volver. Sobre todo en los momentos difíciles, para sentirte protegida. Está en ti hacerlo acogedor, cómodo, tranquilo.

—Yo sí tengo un hogar. ¡Este bosque es mi hogar!

—Tienes razón —dijo, y se puso a abrir nueces para ayudar a la ardilla.

Y cuando casi terminaban, cargando una cesta de bellotas, llegó Eusebio tiritando de frío. Algunas veces, creo que por el lenguaje de los ojos, una persona llega a saber los secretos escondidos en el corazón de otra. Y así, por arte de magia, se convierten en una sola persona con cuatro ojos, cuatro orejas, dos narices, dos bocas, cuatro manos, cuatro pies, dos cabezas y un sólo corazón.

—Mi pedacito de Zanahoria —entonaba Eusebio—, rayito de sol, mariposita anaranjadita de cartón... Pitusa, chiquitica, capullito en flor. Mi corazón te quiere mucho...

–Muchísimo te quiero yo. Eusebio, muchachito, negrito de mi amor, mi pastillita de chocolate, te llamo yo. Mi corazón te quiere mucho…

–Muchísimo te quiero yo –ya abrazados.

–Todos, todos los niños los quieren mucho –coreó la ardilla–, y han de entonar alegres esta canción…

El mismo amor en persona vino a acompañarlos en su canto. Ambos saltaban de alegría al interior mientras compartían sus sueños y temores más profundos. A veces se hablaban como niños, (parecía que lo eran) a veces como mariposas adultas y la mayor parte del tiempo usaban el lenguaje de los cielos verdes del alma. Y sucedió que estando alucinados de tanta felicidad, Pitusa lloró; la despedida se anunciaba oronda con traje y corona. Era hora de regresar con su padre.

No voy a contar nada sobre este momento, no quiero afligir el corazón de quien está leyendo esta historia. Sólo revelaré que al día siguiente Eusebio emprendió viaje por el mundo en busca de una cura para la enfermedad de Pitusa. Ella lo extrañaba desde el corazón a la mente, desde la mente a las manos, de las manos al cielo, del cielo verde de su alma al corazón de él, y así todo un recorrido de añoranza. Por las tardes se introducía en la pintura y pasaba horas conversando con la ardilla, esperando que de un momento a otro llegara su enamorado.

Ahora, amigo lector, le propongo hacer una breve pausa. De Pitusa todo lo sabemos, y lo que no, no hace falta que lo sepamos. Baste saber que esta niña nació adulta, que conoce todas las respuestas a todas las preguntas y puede convertirse desde una semilla de calabaza hasta en la nube más alta; existe en cada una de estas páginas y puede inexistir con la misma facilidad. Sin embargo, ¿qué sabemos de Eusebio? Nada, o casi nada. ¿Que cantó cuando vio a Pitusa? Es verdad. ¿Que se enamoró de ella y para demostrarle su amor salió a recorrer el mundo en busca de una cura? También es verdad. Y, ¿antes? Antes de que llegara con la cesta de bellotas, ¿quién era, de dónde venía, para dónde iba? Es preciso que le cuente y después continuemos.

Eusebio nació de un estornudo del viento. Eso decía su madre. En realidad nació como todos los niños. Esta vez el cortatripas fue muy generoso y le dejó una tripa larga con la que más tarde le hicieron el pelo: rizo y con olor a chocolate. Cada vez que el niño preguntaba cómo había nacido, le hacían el cuento de la cigüeña. "¿Y por qué mi piel es oscura?" –preguntaba– "Porque la cigüeña voló cerca del sol y se carbonizó." –le respondían. Pero él no creía esa historia y volvía a preguntar: "¿Y por qué mi piel es oscura?" Hasta que un día a la madre se le ocurrió responder: Porque… tú estabas dormido en la nariz del viento; al viento le dio coriza y estornudó. El estornudo te lanzó contra un árbol, el árbol contra una chimenea, en la chimenea habían orneado los calcetines de navidad. Había mucha ceniza y tizones. Caíste entre los tizones y comenzaste a jugar con ellos. Te pintaste todo el cuerpo y… como eran mágicos, el color azabache no se borró. "¿Y cómo nacen los niños blancos?" "Nacen como tú. Pero algunas madres bañan a sus hijos con leche de cabra y les cambian el color." "¿Y por qué?" "Porque sí." "¿Y por qué porque sí?" "Porque así debe ser." "¿Y por qué así debe ser?" "Porque… ¡Porque sí! Y no pregunte más, que los niños no deben ser tan curiosos."

Y yo me pregunto: ¿por qué algunos adultos, cuando son interrogados por los niños, nunca enfrentan el asalto de preguntas? Creo que se debe al miedo. Miedo de no saber las respuestas, miedo a reconocer que son adultos, miedo a descubrir que perdieron la imaginación, miedo al silencio y miedo al arcoíris invisible. "Cuando yo sea grande, voy a ser como el arcoíris invisible –pensaba Eusebio–, no pregunta nada, porque lo sabe todo. Algunos no lo ven, pero la mayoría sabe que está ahí."

Más tarde Eusebio aprendió a leer y descubrió que en los libros estaban todas las respuestas. Las que faltaban, la ardilla del bosque, "Tín Marín de dos pingué", las tenía escondidas, y ella se las cambiaba por bellotas.

II

La mañana en que Eusebio salió a recorrer el mundo, era una de esas mañanas en las que el sol calienta tanto a la Tierra que las piedras parecen verdaderos meteoritos a punto de salir disparados. Hay que ver cómo el calor las llena de vida haciendo que tiemble la superficie terrestre, y aunque los científicos llaman a este fenómeno "terremoto", no es otra cosa que el bostezo de la Tierra. (Algunos científicos son personas frustradas que tratan de darle una respuesta "lógica" a todo lo que acontece; pasan años enfrascados en grandes búsquedas sin encontrar más de lo que ya tenían.) El sol la saluda con un beso; ella se estira y remolonea hasta que se pone en pie. Despierta la Tierra, se lava la cara con agua de los mares, come alguna que otra selva y sale a trotar para mantenerse en forma.

Norte, Sur, Este, Oeste. Eusebio no sabe hacia dónde caminar. Recuerda la historia del niño que vive en el desierto y se orienta con las estrellas. Esperar a que caiga la noche significaría perder un día de exploración. Simplemente tiene que elegir uno de los cuatro puntos cardinales y emprender la caminata. "Me voy al Norte"–se decidió.

Caminó rumbo al Norte durante cincuenta días y cincuenta noches; sin detenerse siquiera a beber agua o comer alguna cosa; y sin encontrar ningún forastero a quién preguntarle dónde hallar la cura para Pitusa. Él no sabía ciertamente lo que buscaba, ni a quién tenía que preguntárselo, pero avanzaba con la fuerza del amor. Una fuerza única de ese sentimiento. A los cincuenta y un días, se percató de que avanzaba –aunque con frenesí– sin orientación. Decidió tomarse un descanso. Aquel vagabundeo incesante lo condujo ante una cueva, y antes de que se percatara del lugar en el que estaba, la cueva –por arte de magia– habló: "Que tus ojos miren de frente, y tu mirada sea recta. Sopesa el sendero de tu pie, y caminarás seguro. No te desvíes a derecha ni izquierda." Después de esto estalló en mil pedazos. Eusebio recogió unos cuantos, los echó en su bolsillo y continuó el camino. "Es una conjuración –pensó–, debo seguir estas pistas." "Que tus ojos miren de frente, y tu mirada sea recta. Que tus ojos miren de frente y tu mirada sea recta. Que tus ojos miren de frente y tu mirada sea recta." La frase se había quedado en la puerta de sus oídos, dando golpecitos para que la dejasen entrar. Y hasta que Eusebio comprendió lo que quería decir, no abrió la puerta de sus oídos. "Quiere decir que no me entretenga mirando las mariposas. A veces me voy detrás de ellas sin importar a dónde vuelen. ¡Eso es! Que mis ojos miren de frente. Me pondré las manos a ambos lados de la cara para no distraerme".

Fue así, caminando con la "mirada recta", que tropezó con una piedra.

—¡Mira por dónde caminas!

—Perdón, es que…

—¿Tú vienes del Sur?

—Sí.

—Yo vengo del Norte.

—¿Falta mucho para llegar al Norte?

—No. ¿Ves aquel pedrusco? —Eusebio asintió con la cabeza— Ahí comienza el Norte.

—¿Cuánto falta para llegar al Sur?

—Bastante.

—Entonces… ¡me voy, para luego es tarde! —y siguió rodando. Veinte pasos más y estaba en el Norte. Echó a correr en dirección al pedrusco y, cuando creyó que pasaría al otro lado, éste se interpuso.

—¿A dónde ibas?

—Voy al Norte.

—Repite —exigió el pedrusco imponiendo su autoridad—, voy al Norte, Señor Pedrusco.

—Voy al Norte, Señor Pedrusco.

—¿Qué te trae al Norte?

—Busco la cura para una enfermedad, Señor Pedrusco.

—¿Qué clase de enfermedad?

—Es para mi amiga. Ella no puede salir al sol. Su piel es muy delicada. Si los rayos del sol la tocan, puede morir. No quiero que muera y ella quiere ver el sol. Le prometí encontrar una cura, Señor Pedrusco —por un instante se sumió en el recuerdo de Pitusa—, ¿me dejará pasar?

–Te dejaré –respondió el otro–, pero debes dejar aquí algo de valor. Si en el Norte no encuentras lo que buscas, regresarás y te lo devolveré.

Eusebio traía consigo pocas cosas de valor, al menos de valor material, que seguramente era lo que esperaba recibir el pedrusco.

–Está bien –dijo, después de meditar unos segundos–, le dejo todas mis sonrisas. Quizás no sepa el valor que tienen, pero...

–Sí, lo sé. –interrumpió– Y el valor de tu sonrisa te ha ayudado. ¡Bienvenido al Norte! Busca a la "Lagartijita verde", dile que yo te envié. Tal vez ella pueda ayudarte.

Eusebio se despojó de todas sus sonrisas y continuó el camino. No podía sonreír al exterior, pero en el corazón le nacía una sonrisa pura que se convirtió en carcajada. "Mi corazón ríe." Ahora, usted también lo sabe: cuando le hayan prohibido las sonrisas, no deje que le enmudezca también el corazón.

Era una "lagartijita verde esmeralda delicadita, fina y gentil". Tras la muerte de su padre –camaleón de renombre por sus conjuros contra el arrastre–, había heredado todo cuanto este poseyó en vida para hacer sus brujerías. Nada más y nada menos que un pan de miel. Se retiró a un paraje elevado del Norte y cosechó las migajas de su tesoro. El olor y el sabor de aquel pan eran tan exquisitos, que en poco tiempo las moscas invadieron sus plantaciones. Allí fundó una nueva colonia de lagartijas a la que llamó Zumba que Zumba.

Hasta Zumba que Zumba había ido Eusebio para entrevistarse con la "lagartijita verde esmeralda delicadita, fina y gentil". Aquel sitio era, si bien el más dulce de toda la tierra, también el más ruidoso y agitado. Espantando las moscas y con los zapatos embarrados de miel atravesó la villa. Postrada en una hoja de malanga yacía el reptil. A la derecha de su trono una sabandija le cubría del sol con una violeta, y a la izquierda otra le abanicaba.

—Tú eres el que viene por la niña que no puede salir al sol —afirmó cuando Eusebio estuvo frente a ella.

—Así es, su majestad —asintió el niño, haciendo una reverencia.

—No me llames así. —replicó— ¡No soy reina de nadie! A este artefacto nos subimos todas para mudar la piel. —y al instante dos moscas le arrancaron un pedazo de pellejo y se perdieron jugueteando por el aire— ¡Auch!

—¿Cree que pueda ayudarme?

—No lo creo, muchacho. Los hechizos que aprendí de mi padre solo sirven para los que se arrastran.

Eusebio bajó la cabeza; miró al suelo embadurnado de miel y pensó que se miraba al espejo. Se reconoció triste y tuvo ganas de llorar. Pero antes de que lo hiciera, la lagartija intervino:

—En el mar vive un duende, una mariposa de seda azul, se llama "Zafirito". Búscalo y dile que yo te he enviado —y otro par de moscas sobrevolaba su cabeza con cachos de piel— ¡Auch!

—¿Cómo hago para llegar al mar?

—No te preocupes, la mosca-caballo te llevará… —y esta vez una bandada de moscas se lanzó sobre ella para retirar lo que quedaba de la corrompida piel— ¡Auch! ¡Auch! ¡Auch!

Ya en el aire, Eusebio creyó que realmente volaba sobre un caballo. Aquella mosca verde con ojos saltones iba a todo galope por el aire, dando corcoveos y relinchando en su aletear.

Desde allí, el mundo le parecía fantástico; quiso regalarle una sonrisa, pero recordó que las había dejado todas donde el Señor Pedrusco. Entonces le ofreció una abrazo; pensó en Pitusa y en cuánto le hubiera gustado que cabalgaran juntos por el mundo sobre aquel insecto.

El olor a salitre y una brisa leve que lo despeinó fueron la señal. "Llegamos" –dijo la mosca, al tiempo que lo dejaba caer bruscamente en la arena. "Gracias" –fue a decir Eusebio, pero ya había desaparecido. Se paró sacudiéndose la ropa; miró el mar y el sol le acarició el cabello. "Pobre Pitusa –pensó–, ella no conoce la piedad del sol."

Cuando uno está abatido y ansioso por recibir algo que no llega, tiene la impresión de que el tiempo se paraliza o su paso resulta más lento y desesperante. Lo que hay que hacer en esos casos es pensar cómo nos sentiremos al tener "eso" que esperamos tener, y hacer algo que nos resulte entretenido para sopesar la ansiedad. Eusebio no sabía nadar, por tanto, no podía atravesar la playa rumbo al mar y buscar a "Zafirito" en las profundidades del océano. No quería perder el tiempo. Pero a veces, perder el tiempo de una forma, es ganarlo de otra. Se sentó en la arena y levantó los ojos al cielo. Vistas desde lejos, las nubes simulan al actor de una obra teatral que interpreta varios personajes: ahora es un león, ahora una jirafa. Sus movimientos estaban pautados como los de una coreografía. Cuando vio a la nube en forma de ave arrojarse contra el cielo fue que pensó seriamente en el alcatraz que repetía ese movimiento en el mar. "¡Señor alcatraz, señor alcatraz!…" El ave hizo un medio giro en el aire y se lanzó en picada al agua. Nadó por debajo de ella y volvió a salir unos metros antes de la orilla. Engulló su alimento y se posó en un árbol cerca del niño.

El alcatraz es un ave palmípeda, lo cual le consiente ser una excelente nadadora; de pies cortos, alas muy extensas que le permiten mantenerse balanceándose por mucho tiempo en el aire, buscando su presa a corta distancia de la superficie del mar. El alcatraz no engulle su pesca inmediatamente de capturada la presa, sino que la acumula en su bolsa membranosa de una sola pieza para hacer provisión y comerla después, acaso en compañía de sus polluelos. Eusebio —ferviente conocedor de la naturaleza y lector enamorado—, le contó al ave todo lo que había acontecido hasta ese momento y le pidió que sobrevolara el mar en busca de "Zafirito".

—Conozco al duende, pero no puedo pescarlo como a un pez común. Espera aquí —esa fue la única respuesta que dio el alcatraz; alzó el vuelo y se perdió en el horizonte. Mientras, Eusebio se entretenía recolectando caracoles para hacerle un collar a Pitusa.

"Zafirito" lo envió a consultar al "Ratoncito del farol". El "Ratoncito del farol" a "Vinagrito". "Vinagrito" a la "Palangana vieja". La "Palangana vieja" al "Hormiguero", el "Hormiguero" al "Basurero que nadie quiere mirar", el "Basurero que nadie quiere mirar" a la "Señora Manatí", la "Señora Manatí" a un "Conejito", el "Conejito" a "Tía Jutía", "Tía Jutía" al "Grillito acatarrado", el "Grillito acatarrado" al "Zunzuncito", el "Zunzuncito" a "Vicaria"…

Precisamente, por la similitud con el juego de "la candelita", a Eusebio no le pareció divertido que lo enviaran de un lugar a otro sin encontrar ninguna solución. "Si esa lechuza no me ayuda, regresaré por mis sonrisas y viajaré al Sur". Vicaria —como todas las lechuzas— era sabia y salía al anochecer.

Era ya de noche cuando Eusebio llegó al bosque. Vicaria tenía su casa en un pino próximo al curso del río. Subió al árbol, pero no encontró al ave. Había salido a cazar. No terminaba de acomodarse sobre las ramas del pino cuando apareció Vicaria sin hacer ningún sonido. Las lechuzas tienen una visión y un oído muy desarrollado y las plumas de sus alas amortiguan el aire de tal manera que cuando vuelan no hacen ningún ruido.

—Lo que yo sé —dijo Vicaria girando la cabeza—, es que ésa no es la pura verdad, porque la verdad, aunque te parezca mentira, no es puramente pura. Todo es relativo. No eres puramente un niño, y cuando seas adulto tampoco lo serás con absoluta certeza.

—No entiendo —dijo Eusebio un poco sobresaltado.

—¡No te hablo a ti, niño! Le hablo al hombre que serás mañana —con un movimiento rápido e irrepetible trajo la cabeza a su lugar.— Escucha, hay dos versiones: la Tierra es redonda y gira en torno al Sol. El Sol es la estrella del sistema planetario en el que se encuentra la Tierra; por tanto, es el astro con mayor brillo aparente. La Luna es el satélite de la tierra. De día hay Sol, de noche Luna. ESTO ES LO QUE DEBES SABER.

La lechuza se acomodó en la rama y continuó:

—La Luna y el Sol son un mismo astro con dos caras, como un payaso que a ratos ríe y a ratos llora. Cuando ese astro despierta se pone un traje amarillo brilloso que ilumina todo y hasta deja ciego a quien lo mira sin pestañear. Así es como nace el día y de día le llaman Sol. Cuando el Sol regresa de su paseo, cambia el traje amarillo brilloso por un manto negro y duerme después de comer y hacer los deberes. Al sueño del astro le llaman noche y mientras sueña, es Luna. ESTO ES LO QUE DEBES CREER.

—No entiendo —balbuceó esta vez.

–Ve por tus sonrisas, hijo. Tu misión en el Norte ha terminado. Te pararás delante del pedrusco y lanzarás una de las piedras que traes en el bolsillo. Camina hasta encontrarla y lanza otra. Al tercer tiro hallarás tres árboles. Elegirás uno –debe ser el correcto–, él te dirá qué hacer.

Después de esto, la lechuza emprendió el vuelo silenciosamente y desapareció.

Eusebio hizo todo lo que Vicaria le había ordenado. Devueltas las sonrisas el mundo le parecía más cálido y de tanta alegría nació una esperanza. No una esperanza verde o gris como han de ser las esperanzas comunes. Era una de esas que les vuelan a las personas muy cerca del corazón. No tiene colores visibles, pero su aletear hace que las personas canten y sonrían.

Lanzó la primera piedra y emprendió el camino.

Voy a los mares del Sur.

He lanzado la primera piedra y ahora voy a los mares del Sur. Allí ha caído.

Salto, vuelo, corro y grito que voy a los mares del Sur.

Escribiré mensajes de amor y los enviaré dentro de una botella. Los mares del Sur los llevarán hasta Pitusa. De modo que ahora voy hacia los mares del Sur.

Ya voy. Ya voy. Ya voy.

Aquí estoy.

¡Oh!, mar, devuélveme mi piedra.

Lanzo la segunda piedra y espero a que caiga sobre el Este.

Escribo una carta.

Pitusa:

Prometo otras infancias, otras canciones para tomarnos de las manos, otras historias de hombres y mujeres que se convierten en niños y niñas. La alegría está dentro de los globos y puedes tenerla cada vez que los llenes de sueños.

Ya tienes las semillas. Cultiva de a poco los sueños que te di, no sea que se te llene la huerta y envejezcan.

¿Rendirme? Algunas hojas no se rinden fácilmente ante la furia del viento. Yo soy como esa única hoja que se aferró a la rama. Como el mar somete a la arena, así, me ha esclavizado tu amor.

Prometo el planeta de los que ríen dormidos, un centenar de mañanas sin colorear todavía, una nube de zanahoria, el antídoto contra el tiempo.

Prometo otras infancias, otras canciones para tomarnos de las manos, otras historias de niños y niñas que se convierten en hombres y mujeres.

Te prometo el Sol.

Eusebio: —el viento trae una voz—.

¿Podría suceder que mientras alzo los ojos al cielo y esa estrella escucha mi lamento, tú le hables en el mismo instante? He pensado que pudiéramos estar conectados por una luz; mientras yo la visualizo a esta hora y la hago testigo de mi angustia, puede que tú estés del otro lado del mundo ofreciéndole tu pena a una estrella imaginaria. Ahora comprendo: puedo vivir en la oscuridad eterna que me ha otorgado la Noche, más no puedo vivir ausente de tu luz. Regresa, Eusebio, y deja que el misterio del día me llene de incertidumbres, pero no permitas que mi corazón viva la desesperación de no tenerte. Regresa, regresa, regresa…

—No sin antes cumplir mi promesa, Pitusa mía. —pero el viento se ha marchado vacío, el viento no ha querido devolver esa frase ni ninguna otra— Debo darme prisa.

III

—Yo digo que ustedes pueden escribir veinte libros, pero sólo uno les dará la gloria, amigos míos.

—Discrepo. Yo digo que al final de nuestros días, el cúmulo de las obras que hemos escrito, como un todo único e indivisible, será nuestra Obra Maestra.

—Mi teoría recae en que toda la majestuosidad y excelencia de una obra se basa en la ausencia de majestuosidad y excelencia. Ser sin ser.

En ese momento la charla se detuvo. Pitusa avanzaba con paso lento y cabizbaja. Colocó la bandeja en la mesa y se retiró sin decir palabra.

—¿Qué tiene la niña? —preguntó Jairo Aníbal Niño.

—Todavía no sé cómo sanarla —respondió el padre.

—Da pena verla así; "una niña que le puso gorriones al corazón de todos los que escuchamos su risa" —y diciendo esto, Jairo Aníbal Niño se puso de pie, caminó hasta el paragüero, retiró el suyo y se marchó.

Aquel suceso llenó de inquietud a los presentes. Cada uno trató de encontrar una justificación para retirarse. No se sabe bien por qué los escritores son criaturas extremadamente sensibles. Será porque en ellos habita "lo inasible, lo que la idea no puede encerrar ni tocar".

En el Este los árboles estaban de cabeza. Bajo tierra los frondosos ramajes con sus nidos de pajaritos y sus millones de insectos. Hacia la superficie, extendidas como brazos gigantes: las raíces. Eusebio divisó la piedra. Caminó hasta ella. Frente a los árboles, una voz secreta dijo: "No te acerques aquí; quítate las sandalias de los pies, porque el lugar que pisas es tierra sagrada." Eusebio se cubrió el rostro. Una fuerte brisa hacía desprender la tierra de la raíces de los árboles y se aventaba contra él con una fuerza indescriptible.

–Quién quiera que seas –dijo el niño al tiempo que se quitaba los zapatos–, haz que se detenga este viento fangoso, pues ya estoy de rodillas ante ti.

Si algún libro fascinaba a Eusebio era uno que contara historias sobre caballeros y nobles. "Limón limonero, las niñas primero; ceder la derecha, quitarse el sombrero." Ponerse de rodillas para hacer una petición. No tienes más que arrodillarte y pedir humildemente lo que deseas para que te sea concedido. Lo había aprendido en los libros de caballería.

De una sola vez, las raíces dejaron de mecerse. Nada soplaba, ni una minúscula gota de brisa habitada el lugar. Era como si la Tierra estuviera aguantando la respiración. "Cincuenta y seis, cincuenta y siete, cincuenta y ocho, cincuenta y nueve, sesenta." Por un minuto Eusebio no había absorbido aire y pensó que se asfixiaba. Cayó desmayado y no supo más de sí mismo.

—Por aquí, señor…

—Eusebio.

—Adelante, señor Eusebio —una lombriz le indicaba el camino.

—Sólo dígame Eusebio —murmuró el niño un poco aturdido.

—Perdone, señor. Pero su pedido no puede ser concedido. Se encuentra en el país del respeto, donde el respeto y la respetuosidad van de la mano. Deme una mano.

—¿Y danzaremos?

—No, señor Eusebio. Nada de bailes. Cuando usted se presente ante su excelencia, la excelentísima lombriz Carachata, debe darle una mano. Continuamente le dará la otra y con un besito que sea de su boca le besará la primera mano en señal de respeto. Porque como ya le he dicho —aquí la lombriz engoló la voz—, en este país, el respeto y la respetuosidad van de la mano.

Eusebio no podía explicarse qué país era aquel. Ni siquiera podía dar una descripción aparente del lugar. Todo estaba habitado por una neblina superflua que no dejaba ver más allá de sus manos y el cuerpo arrastradizo de su acompañante. "¿Estaré soñando?" —se preguntaba.

–No sueña usted, señor Eusebio – respondió la lombriz que tenía poderes de lectura mental.– Su excelencia, la excelentísima lombriz Carachata, le ha sustraído algunos segundos de su respiración con el fin de hacerle llegar hasta su presencia.

–Comprendo –aunque no lo comprendía realmente.

El asombro de Eusebio no podía ser mayor. Estaba en no sabía dónde, sin respirar y guiado por una lombriz. La única manera de explicárselo era despertar de un sueño, pero tampoco estaba soñando.

Trompetas reales invadieron sus pensamientos con sonidos atronadores. Una multitud de lombrices flexionó sus cuerpos ante su excelencia, la excelentísima lombriz Carachata. Eusebio también se inclinó. A una señal de su excelencia, todos volvieron a su postura normal y el niño le dio una mano, luego la otra y le besó la primera.

—Pequeño valiente motivado por el amor que la suerte y la dicha ha traído ante mi presencia hablaré sin comas ni puntos sin detenerme un segundo porque un segundo que yo me detenga podría ser un segundo de muerte para ti ya que he tenido que valerme de lo que me he valido para hacerte venir escucha con atención pues una sola vez diré lo que por decir digo cuando la respiración regrese a ti verás ante tus ojos tres hojas de árboles cada una tiene una máxima pero sólo en una conocerás la cura para la enfermedad de tu amada un solo consejo te doy no te precipites en la elección porque de ti depende tu futuro y el de ella.

Y con la colocación del punto final en su intervención, su excelencia, la excelentísima lombriz Carachata, cayó desfallecida ante sus pies. En los próximos tres segundos una multitud de lombrices aplaudió frenéticamente, su excelencia la excelentísima lombriz Carachata fue enterrada en el lugar de su caída; coronaron a su excelencia, la excelentísima excelsitud lombriz Carachuta, y Eusebio volvió a respirar alejado del respetuoso país donde el respeto y la respetuosidad van de la mano.

Ahora, antes sus ojos, tres hojas de trébol flotaban en derredor a él. La primera era de oro, la segunda de plata y la tercera una simple hoja de trébol seca y pisoteada.

–¿Cómo tener la certeza de una buena elección? –analizaba– Podría elegir la de oro. Si no estuviera en ella la respuesta, puedo venderla. El oro es muy codiciado por los hombres. Pero, ¿qué resolvería con dinero? No puedo comprar las cosas más importantes: salud, amor, felicidad. Sería la peor opción. Estoy seguro. –caminando de un lado a otro– Quizás la de plata sea la indicada; tiene el color de la luna. *(Transición)* ¡No!, si ha sido la Noche quién le ha puesto este castigo a mi

Pitusa, no será tan ingenua de ofrecerme la cura en el color de la luna. Intenta confundirme, lo sé. *(Pausita)* Sin embargo, el verdadero amor es el que se da sin esperar nada a cambio. Puede que ésta seca hoja de trébol no haga nada por sanar a mi Pitusa, pero me dará la fuerza para seguir buscando. La conservaré, así podré verla todos los días y ella será quién me recuerde mi misión. ¡Eso es! ¡Elijo la hoja de trébol seca!

Todos los que han leído el cuento o visto la película "La Bella y la Bestia" conocen esa escena en que la Bestia se eleva por el aire irradiando una luz poderosa y se convierte en príncipe, ¿cierto? Así mismo la hoja de trébol seca se engrandeció y se convirtió en un león.

—Hallarás el corazón de la Noche, cortarás el pedazo más oscuro y harás una sombrilla de manto nocturno —rugió la fiera.

¿Eso era todo? ¿Así de simple? ¿Bastaba cortar un pedazo de noche y hacer una sombrilla para que Pitusa pudiera salir a pasear sin que los rayos del sol la fulminaran? Eusebio no estaba decepcionado, más bien sorprendido. Salió corriendo, no porque le tuviera miedo al león, sino porque quería llegar lo antes posible al corazón de la Noche.

Los que saben, cuentan que el corazón de la noche habita en un volcán llamado Noschki ubicado en la mitad del mundo. Es como una chimenea gigante que religiosamente todos los atardeceres desprende el humo de la noche y a la mañana siguiente lo absorbe.

Eusebio debía entrar en el Noschki antes de que la Noche saliera a recorrer el mundo, porque una vez en el cielo, ya no habría forma de alcanzar su corazón. Mientras duerme en el Noschki, la Noche es cálida y gentil, pero cuando sale de él se vuelve frívola y maquiavélica.

Había una sola forma de llegar al centro del volcán, y era volando. Eusebio no tenía alas, no tenía un dragón, no tenía una mosca-caballo...

—¡Espera, narrador!, yo sí tengo una mosca-caballo; la que me llevó hasta "Zafirito"...

—*(Con permiso, amigo lector, el personaje me habla)*... Sí, pero no la tienes, dije que antes de que fueras a darle las gracias ya ella había desaparecido, ¿recuerdas?

—Tráela hasta aquí.

—No puedo, la mosca quedó en otro capítulo. El escritor tendría que inventar una trama verosímil. No sé si el amigo lector tenga tiempo de esperar a que las ideas del escritor vuelvan a nacer.

—Pregúntale.

—No puedo, va contra las reglas de esta narración.

—Está bien, entonces que sea el lector mismo quien escriba la trama verosímil y que traiga a la mosca-caballo hasta aquí.

—De acuerdo. Yo me quedaré en silencio hasta que el lector redacte esta parte de la historia. *"Por favor, amigo lector, escriba dentro del recuadro que aparece en la siguiente página. Es necesario cumplir con ciertas normas de disciplina"* —dijo el narrador (o sea, dije yo) con una voz casi impronunciable y mirando a todas partes, con miedo de que el escritor me sorprenda hablando con usted.

Y así fue cómo la mosca-caballo llegó hasta Eusebio y juntos descendieron al volcán. Allí adentro todo era muy oscuro. Tenía miedo. Sin miedo no puede haber valor, pero cuando estamos unidos, nuestros enemigos son los que deben temer...

Era necesario encender alguna luz. "Mejor no, para evitar que la Noche se despierte". Y casi como un susurro dijo: "¡Soo, mosca!", y la mosca se detuvo. Esta vez no lo tiró de su montura. Puso un pie sobre la superficie y a tientas recortó un pedazo del corazón de la Noche.

Los corazones son criaturas extrañas diseñadas para latir y dar vida. Hacer una herida en un corazón es un acto criminal. Los hay que se desangran y jamás vuelven a sanar. Pero el corazón de la Noche estaba diseñado para volver a crecer. "¡Arre!", le ordenó a la mosca, y ya fue inútil que la Noche intentara impedirle la fuga.

¿Fue fácil, verdad? Seguro usted esperaba algo más complicado, con más acción. Pero ya vio que no. El que escribe esta historia —que por supuesto, no soy yo, yo soy el narrador—, no tiene ideas muy originales. Es por eso que ahora me atrevo a conversar con usted abiertamente. ¡No!, y espere el final para que se decepcione por completo. Cuando yo lo digo, deberían dejar que los narradores contemos las historias. A mí se me hubieran ocurrido ideas más brillantes. Por ejemplo, ¿a usted le hubiera gustado un duelo a muerte con un dragón? O, ¿que Eusebio hubiese tenido que pescar el corazón de la Noche en un mar de lodo? Ah… es lo que yo digo, ¿pero quién escucha a los narradores?

De regreso a casa el viaje fue más corto. Phileas Fogg y su sirviente Pica-porte le dieron la vuelta al mundo en ochenta días, pero Eusebio la dio en ochenta segundos. A un costado del mundo las personas vivían felices como

en los cuentos de hadas –ésos son los verdaderos–, y del otro costado habitaban la pobreza y las guerras. Eusebio se detuvo y libró algunas batallas contra los malos; se detuvo otra vez y cortó unas flores para Pitusa.

Quienes desde el principio de la lluvia están destinados el uno para el otro, jamás se mojarán, y si lo hacen no se causarán daño, porque esos aguaceros son una de las formas que ha adquirido el amor con el paso del tiempo.

–Mi pedacito de Zanahoria, rayito de sol, mariposita anaranjadita de cartón…Pitusa, chiquitica, capullito en flor. Mi corazón te quiere mucho…

–Muchísimo te quiero yo. Eusebio, muchachito, negrito de mi amor, mi pastillita de chocolate, te llamo yo. Mi corazón te quiere mucho…

¡Ay, qué lindo es el amor! ¿Verdad que sí? Hay amores blancos de ceniza y madre selvas, y amores azules de nidos y naranja dulce. Los hay que tienen la cabeza en las nubes y a otros les cortan las alas antes de nacer. Algunos tienen cosquillas violetas y otros saben cantar dentro y fuera de sus huevos. Pero de todos los amores que yo he presenciado, el más lindo es el de Pitusa y Eusebio. ¿Verdad que sí? ¡Oups!, perdone, yo no debo estar hablando con usted.

IV

No fue una boda de esas como las que hacen nuestros familiares. Aquí la novia no caminó al altar únicamente del brazo de su padre, también la acompañaron Jairo Aníbal Nino, Antoine de Saint-Exupéry, los Hermanos Grimm, Charles Parrault y todos los escritores del mundo y los personajes de sus cuentos. Su traje no era blanco y de encajes, sino de azucena, que son unas flores blancas y delicadas con un olor exquisito. La música de fondo era un concierto de poemas de amor.

Cuando todos estaban sentados a la espera de las palabras de la ardilla –quien estaba encargada de casarlos–, una de las damas de honor (Gabriela Mistral) se acercó al padre y le susurró:

"conociendo las palabras puedes dominarlas. Yo te las puedo mostrar, pero la fuerza que ellas significan debes descubrirla tú mismo"...Un gallo cantó y entonces la ardilla pronunció las palabras oficiales:

—Ojos de sapo, cabo de hacha, que al crecer tú seas la más hermosa de todas las muchachas. Patas de ratón, cabeza de lombrices, que hoy, mañana y siempre sean muy felices. Huesos de rana, alas de dragones, que nunca nadie separe sus corazones. Dientes de murciélagos, rabo de Estiucho, no olviden que nosotros los queremos mucho.

Pitusa y Eusebio se besaron y Teresita Fernández cantó: "Amiguitos vamos todos a cantar, porque tenemos el corazón feliz, feliz, feliz, feliz, feliz. Y por el día, con alegría, el sol de oro vemos salir, el nuevo día con sus colores es quien nos pone el corazón feliz"...

—Aprenda de su hija, amigo mío — dijo Jairo Aníbal Niño alzando una copa—, todo lo que vive es un tejido, y sus huesos, sangre, carne, amor y pensamiento, viven y mueren en el afán de un pájaro, en las tempestades del mar, en el canto de las ballenas, en la perfecta arquitectura de una muñeca de trapo, en el árbol de la risa y en el trabajo libre que florece en el conocimiento y en el conocimiento que florece en la sabiduría de los enamoramientos. Si usted ama tanto a la Literatura, ¡cásese con ella, hombre…!

—¿Y la Noche?

—"La Noche es una doncella de dulce mirada, vestida de ébano. Descalza y cansada. Es negra y es bella. Es sabia y callada. En nada recuerda a sus otras hermanas." —entonó desde su recodo Excilia Saldaña.

—Ya ve, siempre habrá algún poeta que le cante. Pero usted debe defender su verdadero amor.

En ese momento, el alma del escritor se vio ocupada por una emoción risueña, serenita, como las que se desata con frecuencia en los corazones de diez años de edad.

Ppsss… Ppssssss… Oyeeee… Síii, tú mismo… Este es el final, ¿viste que falta de creatividad? ¡Qué pena, no pude avisarte desde el principio! Pero bueno, yo tampoco podía quedarme sin trabajo, ¿comprendes?

–¿Quién anda ahí? –pregunta el escritor.

–¡Nadie! –*respondo yo.*

Entonces, el lector –un poco decepcionado y riéndose de nosotros–, cierra el libro y lo tira con desdén en cualquier parte; se estira y se dice así mismo: "Por hoy, basta de escritores incoherentes y narradores entrometidos."

OTROS TÍTULOS INFANTILES

DE

LA PEREZA EDICIONES

Y tiritas azules o los sapos son viejos
Maria Milnne

Señalado por un "imaginario prolijo, un imaginario lleno de fantasía, inocencia y lágrimas",
este libro narra las vivencias de una ingeniosa e
inteligente niña, que se ocupa (a veces perso-
nalmente) de relatar sus travesuras, la relación
¿cotidiana? con su familia y amigos.

Ora la vemos subastando la noche, ora es
experta en armar y desarmar familias; mantiene
una estrecha amistad con el cielo; dicta mani-
fiestos; sabe dar consejos para vencer la distancia; es la encargada de destrabar los arcoíris
atorados en la línea del tren; atiende las quejas
y sugerencias en la oficina de sus sueños; cons-
truye pozos para el mal genio... ¡y nunca dice
mentiras en otoño y primavera!

La flor mágica
Emanuel Franco

Antonio y su padre hacen un viaje de rutina con una sola excepción: el niño encuentra un fascinante libro mientras su progenitor visita al doctor. El día que Antonio recibe el cuento de la flor mágica también se entera que su padre está enfermo del corazón. Un tulipán blanco, hechizado por un príncipe, capaz de curar cualquier enfermedad, ha desaparecido de aquella historia y ahora puede estar en cualquier lugar. Esta novela teje dos historias donde la realidad y la fantasía se confunden en la imaginación de Antonio, cuya inocencia lo lleva a una peculiar aventura donde la muerte adquiere un nuevo significado. En esta obra para niños más de un adulto encontrará el eco de su propia infancia.

¡Cuidado! ...niña en el jardín...
Geovannys Manso

Pocas veces, una novela para niños alcanza semejante equilibrio en su desarrollo, para adentrarnos en un universo que nos fascinará continuamente. Una niña de cinco años y su gato siamés, protagonizan estas páginas donde se enfrentan a un sinnúmero de aventuras inimaginables. ¿Puede una niña perder su ombligo así como si nada? ¿Pueden sus palabras salir de viaje sin previo aviso? ¿Se puede viajar al futuro y no encontrar, sino un vacío tremendo? Ilustrado por Sandra Ramos, una de las artistas más reconocidas de su generación, tanto en Iberoamérica como en el resto del mundo, este libro se convierte en una verdadera obra de arte que sabrá captar la atención de infinitos lectores.

Cama en fuga
Eduardo Frías Etayo

La vergüenza puede hacer huir hasta al más valiente, y Petra, una cama antigua y con donaire, huye avergonzada porque Karla, su pequeña dueña, aún no puede contener las ganas mientras duerme en las noches.

Planes de fuga, investigación detectivesca y una niña que quiere pedir disculpas a su cama por mojarla en las noches, se entrelazan en esta historia en la que seguiremos las peripecias de la cama Petra que se debate entre su pudor y el amor a su pequeña Karla.

Cuando quieres mirar a las nubes

Aquí se reúne una selección de los cuentos participantes en el Premio de Cuentos para Niñ@s La Pereza 2013, incluidos sus tres ganadores.

Autores de toda Iberoamérica apostaron por este empeño, esta ilusión, que ahora se vuelve tinta sobre el papel. Si algo tienen en común las historias que aquí se narran es el don de la imaginación más libertaria y el afán de iluminar ese espacio sagrado que es la infancia.

www.ingramcontent.com/pod-product-compliance
Lightning Source LLC
Chambersburg PA
CBHW071232170626
46809CB00008BA/3023